AF398945

RAGNARS TÖCHTER

EIN THEATERSTÜCK AUS
DER WIKINGERZEIT

VON
BRITA SIMON

Herstellung und Verlag:
BoD – Books on Demand, Norderstedt
ISBN 978-3-8482-3002-0

Ragnar Graubart Freier Mann und Hofbesitzer

Erika   Ragnars Frau,

Groska   Ragnars Tochter

Runa   Ragnars Tochter

Tore   Knecht an Ragnars Hof

Mera   Magd an Ragnars Hof

Vater Bernhard   Priester an Ragnars Hof

Gundolf Halbarm   Waffenbruder von Ragnar

Rorik   Gundolfs Sohn

Erik von Skiringsal   Sohn von Jarl Einar von Skiringsal

Thorgert   Alter Freund und Kämpfer von Erik

Signy   Frau von Thorgert

Undri   Kämpfer von Erik

Hervar   Kämpfer von Erik

Rutur   Kämpfer von Erik

Skjalgur   Kämpfer von Erik

Helga   Wikingerin in Eriks Dorf

Jarl Einar von Skiringsal   Vater von Erik von Skiringsal

Kaja von Skiringsal   Mutter von Erik von Skiringsal

Wulf von Skiringsal   Bruder von Erik von Skiringsal

Szene 1

Ein Gehöft mit großem Haupthaus und mehreren Nebengebäuden. Im Zentrum ist ein großer Platz zu sehen. Links befindet sich das Haupthaus, versetzt dahinter eine kleine Kapelle. Ein Lagerhaus rechts, davor Stallungen und ein Anbau für die Mägde und Knechte des Hofes.

Früher Morgen, der Platz ist leer, nur im Anbau für die Knechte regt sich etwas.

Tore:
(*flehend*) Runa….musst du schon gehen?

Runa:
Tore….wenn mein Vater uns erwischt…

Runa richtet ihre Kleidung, dreht sich noch mal um, gibt Tore einen flüchtigen Kuss und huscht über den Platz zum Haupthaus. Nun beginnt der Hof zu leben, von überall her kommen geschäftig Leute, darunter Ragnar, der Hofherr.

Ragnar:
Tore, wo bleibst du? Heute ist ein wichtiger Tag.

Tore:
Verzeiht mir, Herr.

Erika:
Ragnar, sei nicht so grob. Unsere Gäste werden bald eintreffen und für das Auferstehungsfest *(Ostern)* muss noch alles hergerichtet werden. Also, Tore, stell Tische und Bänke auf. Sorg dafür, dass genug Platz in den Stallungen ist. Die Mägde, sollen dann die Tafel festlich schmücken und die Lager vorbereiten.

Ragnar:
Wo sind meine Töchter?

Erika:
Runa wäscht sich und Groska achtet im Haus auf die Kochstelle. Bringt Gundolf Halbarm seine ganze Familie zum Fest mit?

Ragnar:
Ich weiß es nicht. Ich habe meinen Waffenbruder lange nicht gesehen, aber Rorik wird dabei sein. Schließlich sollen er und unsere Groska heiraten.

Runa tritt auf den Platz und wirft Tore verstohlene Blicke zu.

Runa:
Warum nennt man Gundolf denn Halbarm, Vater?

Ragnar:
Bei unserer letzten Schlacht hat Gundolf einen Unterarm eingebüßt, aber dass konnte seiner Frohnatur nichts anhaben. Damals haben er und ich beschlossen, dass sein Rorik und unsere Groska einander versprochen sind.

Erika:
(liebevoll streicht sie Runas Kleidung glatt) Und dieses Fest ist eine willkommene Gelegenheit für die Brautleute, sich kennen zu lernen. *(an alle gerichtet)* Nun sputet euch, die Gäste werden sicher bald eintreffen.

Wagen und Karren rollen heran. Festlich geschmückt und mit einer fröhlichen Gesellschaft.

Ragnar
(fröhlich) Sie kommen!

Aus der Kapelle tritt Vater Bernhard heraus, bleibt im Hintergrund und schaut in Richtung der Ankommenden.

Gundolf:
Ragnar, mein Waffenbruder!

Ragnar:
Es tut gut dich zu sehen, Gundolf.

Gundolf und Ragnar begrüßen sich überschwänglich.

Ragnar:
Komm, lass uns etwas trinken! Mägde, bringt Bier!

Gundolf:
(setzen sich an den Tisch) Ach Ragnar, unsere besten Tage sind lange her. Ich merke wie meine Kräfte mit den Jahren vergehen. Die Hochzeit aber wird uns neu stärken, wenn wir unsere Familien vereinen.

Ragnar:
Lass uns darauf anstoßen!
Ich bin froh, einen Schwiegersohn aus einer so angesehenen Familie wie der deinen zu bekommen. Dein Rorik bekommt mit meiner Groska eine fleißige und gewissenhafte Frau. Sie ist aber auch sehr fromm, manchmal glaube ich, sie verbringt mit ihrer Mutter mehr Zeit in der Kapelle bei Vater Bernhard als im Haus. Doch ich habe keinen Grund zur Klage. Ganz im Gegensatz dazu ist ihre Schwester Runa, sie ist ein Wildfang und kommt ganz nach mir.

Ein bisschen verträumt, aber auch stolz blicken sich die Alten um und begutachten die Szene. Groska und Runa stecken die Köpfe zusammen. Aus dem Off hört man Befehle und Peitschen knallen. Unruhe macht sich breit, als man Neuankömmlinge bemerkt. Ein hochnäsiger Krieger, der Sklaven an einem großen Tau hinter sich herzieht, kommt auf den Platz. Unter ihnen ein stattlicher Bursche (Erik), der sich sträubt.

Runa:
(reckt den Hals, um besser sehen zu können) Der Kleidung nach muss der da vorn Rorik sein.

Vater Bernhard:
Wenn mich mein Augenlicht nicht täuscht, dann sind das Sklaven, die er da bei sich hat!

Rorik befiehlt den Sklaven mit der Peitsche sich zu setzen.

Rorik:
Ich grüße Ragnar Graubart und seine Familie. Ich bringe euch Wikingersklaven mit, die euer Leid tilgen soll, welches Jütländer einst über euch brachten.

Erik steht immer noch trotzig und erschöpft da. Rorik zerrt an ihm und zwingt ihn mit einem Schlag zu Boden und tritt nach ihm. Erik ist wutentbrannt, aber er setzt sich zu den anderen.

Rorik:
Du widerspenstiger Bastard von einem Wikinger, ich werde deinen Stolz brechen.

Ragnar:
(versucht die Situation zu entschärfen) Ich danke euch für euer Geschenk, lange ist es her, dass Wikinger mir Bruder und Schwester nahmen. So lasst die Vergangenheit ruhen und setzt euch zu uns. Ich heiße Euch in unserer Mitte herzlich willkommen!

Rorik geht zur Tafel, erhebt seinen Becher und prostet Ragnar und Gundolf zu. Auf Ragnars Wink hin werden die Sklaven zu einem Schuppen zwischen Lager und Gesindehaus gebracht.

Vater Bernhard:
Kein Mensch sollte einen anderen besitzen!

Runa:
Dein zukünftiger Mann hat ja einen tollen Auftritt gehabt. Also, wenn du mich fragst, ist er ein Großkotz. Der versucht doch nur, Eindruck auf unsere Eltern zu machen.

Groska:
Runa!!!!

Vater Bernhard:
Schäm dich, Kind, man sollte einen Menschen nicht verurteilen bevor man ihn nicht näher kennt. Doch gebe ich dir Recht, auch ich befürchte einen sturen Geist.
Hab keine Angst, Groska, deine Liebe und dein fester Glaube werden alles zum Guten wenden. Ich bin sicher, er wird ein treuer und fürsorglicher Ehemann sein. Lasst uns dafür beten.

Groska und Vater Bernhard gehen zur Kapelle, Runa zum Schuppen. Es wird getrunken, sich begrüßt, die Stimmung ist wieder lockerer, es wird ausgelassen getanzt. **Musik und Spielszene.** Nach einer Weile gesellen sich Runa, ihre große Schwester und Vater Bernhard zu den anderen.

Runa:
Na, hast du mit Rorik Freundschaft geschlossen? Wie gefällt er dir?

Groska:

Ich brauche vor meiner Hochzeit keine Freundschaft zu schließen. Wenn Vater für mich einen Mann aussucht, habe ich mich zu fügen. Meine Pflicht ist es, ihm eine gute Frau zu sein!

Groska will weiter, aber Runa hält sie am Arm fest und schaut sie an.

Groska:

(traurig) Seit der Begrüßung hat er nicht mehr mit mir gesprochen. Er trinkt lieber mit seinen Männern, als mir den Hof zu machen. Was soll's, die Hochzeit steht fest und ich werde Vater und Mutter nicht enttäuschen. Hat Vater schon entschieden, was mit den Sklaven geschehen soll?

Runa:

Nein, erst nach dem Fest.

Groska:

Komm Runa, lass uns Mutter helfen.

Runa:

Weißt du, Groska, manchmal bist du einfach viel zu ordentlich. Dies und jenes gehört sich nicht, alles was Spaß macht darf man nicht!

Groska:

Nicht jeder hat Spaß daran, sich dreckig zu machen oder dem Schmied bei der Arbeit zuzusehen.

Runa:

(abenteuerlustig) Ich finde, du solltest etwas Aufregendes tun, etwas… Wie wäre es zum Beispiel, einen Sklaven frei zu lassen?

Groska:

Sag mal, schläft dein Verstand?! Solange Vater nichts entschieden hat, ist das verboten! Außerdem muss ich Mutter beim Kochen helfen.

Runa:

Gerade deshalb solltest du das tun. Gundolf ist ein alter Freund von Vater, er wird dir schon nicht den Kopf abreißen, falls er dich erwischt. Und Rorik erst recht nicht. **Ich** könnte ja Mutter beim Kochen helfen?!

Groska:

(*lacht lauthals*) Dann weiß sie gleich, dass etwas faul ist! Nein, nein, Ordnung muss sein.

Runa:

Du solltest dir das noch mal überlegen.

Szene 2

Alle sind sehr beschäftigt. Eine Glocke ruft alle zum Essen. Abseits der Gesellschaft bekommen die Sklaven etwas zu essen. Groska und eine Magd bringen Schüsseln und Brei zu den Sklaven. Erik ist nach wie vor in Fesseln. Groska gibt ihm eine Schüssel. Sie blicken sich lange an, dann nimmt er die Schüssel dankbar an, isst hastig, verschluckt sich und prustet den Brei Groska vor die Füße. Rorik springt auf und stürmt auf den Gefangenen zu.

Rorik:
Dir werde ich Manieren beibringen, wie man sich seiner Herrin gegenüber benimmt. *(zu Groska)* Hab keine Angst, meine Braut, wenn ich mit ihm fertig bin, wird der so etwas nie wieder tun.

Rorik zückt seine Peitsche und zerrt Erik hoch, vorbei an der noch starren Groska zum Stall. Runa will zum Stall rennen, aber Groska hält sie zurück

Runa:
Das dürft ihr nicht zulassen!

Groska:
Halt, bleib hier, er darf das!

Runa:
Wie kannst du das zulassen? Er ist ein Mensch wie wir.

Groska:
Mir gefällt das auch nicht, aber wir können da jetzt nicht eingreifen.

Runa:
Nennst du das Nächstenliebe?

Aus dem Stall hört man eine Rangelei, dann Stille und dann Peitschenhiebe. Als Rorik wieder zu sehen ist, ist er sehr mit sich zu frieden. Er wird von seinen Männern schulterklopfend beglückwünscht. Groska geht zum Stall, öffnet die Tür, Erik steht mit zerrissener Tunika und geschundenem Rücken an einem Pfosten. Sie löst seine Fesseln. Er fällt ins Stroh. Ragnar kommt und verschafft sich einen Überblick. Groska winkt eine Magd herbei.

Ragnar:
Kümmere dich um die Wunden und versorge sie, ich werde mit Rorik sprechen.

Groska:
Danke, Vater. *(zur Magd)* Lauf schnell und bringe mir Wasser, Tücher und die Salbe gegen die Schmerzen.

Erik:
(haucht schmerzvoll) Danke

Groska kniet sich zu Erik und beginnt die Wunden zu reinigen. Während dessen belauscht Runa Rorik und seine Männer.

Rorik:
………das nächste Mal schlage ich ihn tot.

Nach dem Festgelage bittet Vater Bernhard alle zum Abendgebet zur Kapelle. Um sicherzustellen, dass ihm der Sklave nicht abhanden kommt, bindet Rorik Erik im Stall erneut fest und geht dann zur Kapelle. Runa sucht Groskas Nähe

Runa:
Wie geht es ihm?

Groska:

Er ist stark, es wird ihm bald besser gehen.

Runa:

Ich habe gehört, wie Rorik geprahlt hat, er will ihn das nächste Mal totschlagen, wenn der Wikinger sich noch einmal daneben benimmt

Groska blickt Runa erschrocken an und sucht in Gedanken einen Ausweg. Runa zwinkert ihrer Schwester zu.

Runa:

Vater Bernhard ist nicht der Schnellste beim Beginn der Abendmesse!!! Erinnerst du dich an die aufregenden Dinge, die geschehen könnten? Ich gehe dann schon mal!

Runa geht in Richtung Kapelle davon. Groska überlegt, dann schaut sie sich um und huscht noch einmal zum Stall. Ragnar nimmt Rorik beiseite.

Ragnar:

Wir müssen miteinander reden! So geht das nicht! An meinem Hof ist noch niemand zu Schaden gekommen. Egal ob frei oder Sklave . Du tätest besser daran, dich danach zu richten.

Ragnar fasst ihn am Arm und schiebt ihn in die Kapelle. Groska versichert sich noch mal, dass niemand sie beobachtet. Erik und Groska schauen sich in die Augen, bevor Groska das Messer an ihrem Gürtel zieht. Erik schaut misstrauisch.

Groska:

Hör zu, ich will nicht, dass du getötet wirst. *(sie schneidet ihn los)* Ich weiß nicht, wie lange die Abendmesse dauert, also verlier keine Zeit. Lauf vom Hof in Richtung Wasser und dann immer mit der Strömung zur Mündung, dort wirst du sicher ein Schiff finden, das dich nach Hause bringt.

Erik:
Danke.

Erik schaut sie durchdringend an und kann es kaum fassen, frei zu sein. Voller Dankbarkeit nimmt er ihre Hand, führt sie zu seinem Herzen. Ein Rascheln im Stroh lässt beide aufschrecken. Er gibt ihr einen Kuss und flieht. Groska sieht ihm hoffnungsvoll nach.

Groska:
Leb wohl und möge Gott dich beschützen.

Mera:
Groska, warte auf mich! Ich kann jetzt nicht mehr so schnell.

Mera, eine hochschwanger Magd, eilt quer über den Hof. Groska wartet auf sie und beide huschen in die Kapelle. Man hört Gesang und Lobpreisungen. Wenig später kommen alle heraus und gehen zu dem Schlafplätzen.

Bühne frei

Szene 3

Groska schlendert verträumt am Rande des Hofes. Ihre Hände spielen mit einem Grashalm. Mera läuft suchend über den Hof und ruft nach ihrer Tochter Johanna, während Runa Groska sucht.

Mera:
Johanna, wo bist du schon wieder?

Runa:
Sie ist hier, Mera. Ich hab sie kurz vorm Misthaufen erwischt. Du musst besser auf sie aufpassen!

Runa übergibt Johanna an Mera, die mit ihrer Tochter schimpfend abgeht.

Runa:
Groska, da bist du ja. Ich hab dich überall gesucht!

Groska:
Tut mir leid, Runa; ich musste heute Morgen eine Weile alleine sein.

Runa:
Bedrückt dich etwas?

Groska:
Ach, weißt du, was ist, wenn Rorik mich nicht ehren wird oder gar lieben, wenn wir verheiratet sind?

Runa:
Rorik liebt als Erstes sich selbst und dann…. Ach, ich weiß es nicht. Komm, Mutter macht sich schon Sorgen, wo du bist. Es ist noch so viel zu tun, um dich auf die Zeremonie vorzubereiten.

Runa hakt sich bei Groska beschwingt ein und beide gehen zum Haupthaus. Keiner achtet auf das rot - weiße Segel, das in der Ferne langsam in Sicht kommt. Der Hof wird für die Hochzeit festlich geschmückt. Alle sind geschäftig bei den Vorbereitungen.

Groska:
Ich hoffe, die Männer sind nicht schon alle betrunken, bevor überhaupt die Zeremonie beginnt.

Erika:
Bald schon wirst du die Männer verstehen lernen, mein kleines Kätzchen. Trinken entspannt sie, löst ihre Zungen und stärkt ihr Selbstbewusstsein.

Runa:
Ich glaube, sogar Rorik hat ein oder zwei Becher getrunken.

Erika:
Gott segne dich, mein Kind!.......Fertig?

Groska:
(atmet einmal tief durch) Fertig.

Vater Bernhard kommt aus der Kapelle und auf einen Wink hin gehen alle in die Kapelle. Nur Ragnar, Gundolf, Rorik und Vater Bernhard bleiben noch draußen und erwarten die Frauen. Die Braut tritt heraus und Mutter und Schwester folgen ihr zu den Wartenden. Ragnar empfängt seine Tochter mit offenen Armen, küsst sie auf die Stirn und übergibt Groskas Hand an Rorik. Dann gehen sie den Brautleuten voraus in die Kapelle.
Als die Tür zufällt, kommen schwer bewaffnete Wikinger und schleichen zunächst umher, bevor sie die Kapelle umzingeln.

Vater Bernhard:
Wir sind hier zusammen gekommen, um diese beiden Menschen im Stand der Ehe zu vereinen. Willst du, Rorik Gundolfson die hier anwesende Groska Ragnarstochter ehren für immer?

Rorik:
Ja, will ich!

Vater Bernhard:
Und du, Groska Ragnarstochter, willst du den hier anwesenden Rorik Gundolfson ehren für immer?

Gerade als Groska ihr Jawort geben will beginnt der Angriff. Schwerter blitzen überall auf, Holz splittert, Schreie erfüllen die Szene, die Hochzeitsgesellschaft versucht ins Freie zu kommen. An der Tür werden sie gleich erschlagen, durchs Fenster fliehen einige unter ihnen Runa. Auf dem ganzen Hof wird gekämpft. Rorik ergreift mit einer Hand Groska´s Schulter und mit der anderen hält er Vater Bernhard fest.

Rorik:
Groska, schnell, gib mir dein Jawort; willst du mich zum Manne?

Groska ist viel zu verstört, um eine Antwort zu geben und stammelt nur. Während Vater Bernhard sich angsterfüllt umschaut und sich dann losreißt.

Groska:
Rorik…..! Ich…… ! Ahhhhhhhhh !!

Ein Kämpfer mit Schwert kommt auf Groska zu, aber Ragnar pariert den Schlag mit einem Kerzenständer aus der Kapelle. Rorik lässt Groska resigniert stehen und flieht feige. Die meisten retten sich ins Freie und versuchen, dem dortigen Durcheinander zu entkommen. Rorik geht in aller Seelenruhe zum Lagerhaus. Auf dem Dorfplatz laufen sich Runa und Groska über den Weg. Beide halten sich kurz einander fest, blicken sich aber dabei suchend um.

Runa:
Wo ist Tore?

Groska:
Er kämpft am Strand! Wo ist Rorik?

Runa:
Er ist ins Lagerhaus gegangen!

Und schon sind beide auf dem Weg, den sie einander gewiesen haben. Groska versucht ins Lagerhaus zu kommen. Aber ums Haus kommen ihr einige Wikingerkrieger entgegen. Sie versteckt sich in Fässern vor dem Lagerhaus, so dass sie nichts mehr sehen kann. Rorik trifft Thorgert im Türbogen des Lagerhauses und bekommt von ihm einen Beutel.

Thorgert:
Du hast uns gute Dienste geleistet. Hier, wie abgemacht. Einen so einfachen und lohnenden Raubzug hätten wir gern öfter. *(aufgeschreckt)* Was, um Thors Willen, war das?

Bei dem Versuch zu sehen, wer der Verräter ist, bewegt Groska sich im Fass. Es poltert, dann verhält sich Groska ganz still.

Thorgert:
Muss wohl eine Ratte gewesen sein!

Erik kommt wütend und laut rufend auf dem Hofplatz an.
Rorik stiehlt sich weg.

Erik:
Thorgert! Thorgert!

Thorgert:
Ich bin hier.

Erik:
(an alle) Hört auf! Ich, Erik, euer Anführer sage halt!
Thorgert, auf diesem Hof habe ich meine Freiheit wieder
gefunden. Ich will nicht, dass dieser Familie was geschieht!

Thorgert:
Bei Loki, ich bin froh dich wieder bei uns zu haben. Als du
verschwandest, haben wir von diesem Hof gehört. Und
sieh, welch eine Fülle von Waren hier sind! Bier, Met,
Getreide und vieles mehr. Der Verräter hat dafür nicht
mehr gefordert als sein Leben und einen Beutel Silber.
Komisch, gerade war er noch da, nun ist er weg.

Erik:
Bringt alles aufs Schiff, wir segeln noch in dieser Stunde
gen Heimat.

Thorgert wendet sich wieder dem Lagerhaus zu und öffnet
weit die Türen. Eriks Mannschaft beeilt sich, Kisten,
Fässer und Truhen weg zu schaffen. Sie nehmen auch das
Fass, in dem Groska steckt, dabei fangen die Männer an
über den schweren Inhalt zu spekulieren. Als sie das Fass
kurz absetzen, hört man ein stöhnen und einen dumpfen
Schlag, der nicht beachtet wird.

Szene 4

Das Schiff ist weg und die Überlebenden kommen langsam hervor. Runa umarmt Tore heftig.

Tore:
Runa, ist bei dir alles in Ordnung?

Runa:
Ja, und bei dir?

Erika:
Groska! Groska, wo bist du? Habt ihr mein Kind gesehen?

Erika läuft suchend umher, Ragnar begutacht die Schäden. Vater Bernhard kümmert sich um die Kapelle, während alle anderen sich gegenseitig versichern, nicht zu Schaden gekommen zu sein. Ragnar entdeckt die Innigkeit von Runa und Tore.

Ragnar:
Finger weg, Tore, was fällt dir ein? Du kannst mit deinen Augen sehen, dass sie in Ordnung ist, du brauchst dafür nicht deine Finger zu nehmen!

Erika:
Ragnar, ich kann Groska nirgendwo entdecken!

Runa:
Tore glaubt, die Wikinger haben sie mitgenommen, Vater.

Ragnar:
Wie kommt er darauf?

Tore:
Einer der Männer war der Sklave, den Groska……

Tore zieht den Kopf ein, weil Ragnar zum Schlag ausholt.

Ragnar:
Wie kannst du es wagen …

Runa:
Halt, bitte tu ihm nichts, Vater! Ich habe Tore sehr lieb!

Erika:
Runa!! Das ist wohl nicht der richtige Zeitpunkt und wohl kaum der richtige Umgang!

Runa:
Du kannst das ändern und ihn zu einem freien Bauern machen. *(flehend schmeißt sie sich an Ragnars Brust)* Bitte, Vater!!!

Ragnar:
Tore, du bist mir ein guter Knecht und ich konnte mich immer auf dich verlassen. Bring mir meine älteste Tochter zurück!!! Dann werden wir weiter sehen.

Runa:
Oh, Tore!

Tore:
Ich werde euch nicht enttäuschen.

Tore holt sein Bündel und geht zum Wasser ab. Alle sehen ihm erwartungsvoll nach.

Umbau　　　　langsamer Umbau auf ein Wikingerdorf

Szene 5

Ankunft im Wikingerdorf. Alle sind fröhlich und winken einander zu. Nach der allgemeinen Begrüßung wird die Ladung gelöscht. Als das „Groska - Fass" abgestellt wird, hört man ein lautes Stöhnen. Die Männer springen erschrocken vom Fass zurück.

Undri:
Das ist Lokis Tochter persönlich, die dort drinnen stöhnt!

Hervar:
Wir müssen das Fass ins Wasser werfen, damit uns Hel nicht ins Reich der Toten holt!

Rutur:
Das ist nicht Hel, sondern Ägir, der Gott des Meeres!

Hervar:
Wenn das Ägir ist, müssen wir aufpassen, dass uns seine Gattin Ran nicht erwischt und uns auf unserer nächsten Fahrt gefangen in ihrem Netz ertränkt.

Erik:
Seid still! Es wäre eine Schande das gute Bier ins Wasser zu schütten, nur um euch Feiglinge zu beruhigen.

Er stößt die Männer beiseite und lauscht selbst am Fass. Als es abermals stöhnt, zückt er sein Messer und öffnet den Deckel, während die anderen noch einen Schritt zurückweichen. Er hebt Groska aus der Tonne, sie ist halb wach.

Erik:
(*leise zu sich selbst*) Das ist doch…! (*laut zu seinen Männern*) Wer von euch ist dafür verantwortlich?

Undri:
Ich nicht, Erik.

Rutur:
Ich auch nicht.

Erik:
Ich hatte befohlen, dass der Familie vom Ragnarhof nichts geschehen soll. Gehorcht ihr auf diese Weise meinen Befehlen?

Groska:
(sie wird sich ihrer Umgebung bewusst) Aaaaaaaaaaaah….!

Erik packt sie hart an den Schultern, gibt ihr eine Ohrfeige, und sie hört auf zu schreien. Dann schaut sie sich um und sieht die verdutzten Gesichter der umstehenden Männer.

Erik:
Hör zu! Wir werden dir nichts tun, dass schwöre ich, dir wird nichts geschehen.

Groska:
Wo bin ich? Wie komm ich hierher? Gütiger Gott, was wollt ihr von mir? Warum habt ihr mich hierher gebracht?

Erik:
Du bist in unserem Dorf in der Nähe von Ripen und gewiss bist du nicht durch unsere Schuld hier, anscheinend haben die Götter es so gewollt.

Groska:
(entsetzt) Ich bin im Land der Wikinger?!

Thorgert:
(spuckt aus und brummelt) Eine von diesen Christen.

Rutur:

Wir sollten sie gleich ersäufen, bevor wir bei Odin in Ungnade fallen.

Erik:

Es kann nur sein, dass die Götter uns prüfen wollen. So steht sie ab sofort unter meinem Schutz.

Allgemeines Murren, aber keiner wagt ein Widerwort. Erik fasst Groska grob an und führt sie fort zu seinem Haus.

Groska:

BITTE, lasst mich gehen. Lasst mich heimkehren!

Erik:

Ich habe keine Wahl. Ich werde dir kein Leid zufügen, aber keinesfalls können wir dich zurückbringen.

Groska:

Mein Vater würde euch reich belohnen.

Erik:

Dein Vater würde alles dafür tun, um uns alle hier tot zu sehen. Du hast keine Wahl, du wirst eine Weile mit uns leben müssen.

Groska:

Gott steh mir bei.

Szene 6

Die Dorfbewohner löschen die Ladung, wobei die Männer
die Waren verteilen und die Frauen für das Essen sorgen.
Signy, der Frau von Thorgert, ist der Unmut über Groskas
Anwesenheit deutlich anzumerken.

Signy:
Noch ein Maul zu stopfen, dass hat uns gerade gefehlt.

Helga:
Was Schlimmeres hätte uns gar nicht passieren können.

Signy:
Und hast du ihren Schmuck gesehen? Eine verwöhnte
Metze bestimmt, die sich bedienen lässt.

Helga:
Und dann auch noch eine Christin!

Signy springt auf und geht wutentbrannt zu Eriks Haus.

Signy:
Erik…! Auch wenn die Götter uns prüfen wollen, so will
ich gerne prüfen, wie geschickt sie beim Kochen ist.

Erik:
(kommt aus dem Haus) Was willst du?

Signy:
Wir könnten hier draußen gut zwei Hände mehr
gebrauchen.

Erik:
Ihr schafft das sonst auch allein.

Signy:
Hör mal zu, ich werde so eine verwöhnte Ziege von einer Christin nicht bedienen! Wenn sie was zu essen haben will, muss sie auch dafür arbeiten. *(zynisch)* Solltest du also nicht zu beschäftigt sein mit ihr, dann hat sie sich ab sofort um das Feuer zu kümmern und es sind noch zwei Hühner auszunehmen!

Erik:
Aber….

Groska:
(tritt zu Erik) Schon gut, ich gehe mit ihr.

Signy:
(im Weggehen zu sich) Christenpack. *(zu Groska)* Glaub ja nicht, dass du was Besonderes bist, nur weil unser Oberhaupt sich deiner angenommen hat!

Helga:
Beruhige dich, Signy. Mit der Stärke Odins kann sich dieser Christengott nicht messen. Er ist viel zu schwach.

Groska:
Nein, er ist stark. Brutale Kraft ist nicht immer ein Zeichen von Stärke. Manchmal ist Weisheit viel wichtiger und ich denke, in meiner Lage brauche ich sie nötiger als Gewalt.

Signy zeigt Groska, was sie zu tun hat.
Helgas Tochter, Zerlina, kommt freudestrahlend über den Dorfplatz gerannt. Geradewegs steuert sie auf ihre Mutter zu, dabei übersieht sie Undri, der ein großes Bündel vor sich her trägt. Als Undri das Gleichgewicht verliert und beinahe das Bündel fallen lässt, macht er einen Schritt zur Seite und stößt dabei mit Zerlina zusammen. Sie taumelt in

Richtung Feuer. Geistesgegenwärtig stürzt Groska nach vorn und fängt die Kleine ab, kurz bevor sie Kopf voran ins Feuer stürzt. Allen stockt der Atem. Helga schließt ihre Tochter in den Arm und schaut Groska dankend an. Nach dem Schock lösen sich alle wieder und gehen ihrer Arbeit nach. Die anderen Frauen beäugen Groska noch misstrauisch. Nach einer kleinen Weile nähert sich Signy als erste wieder.

Signy:
(freundlich) Du bist geschickt. Man sieht, dass du diese Arbeiten nicht zum ersten Mal machst.

Groska:
Ich bin arbeiten gewohnt.

Signy:
(zu den Anderen) Für eine Christin mit nur einem Gott….!

Groska:
Was soll das heißen?

Signy:
Na ja, Christen sind doch eigentlich faul. Sie knien den ganzen Tag nur und beten, gehen in so eine „Kopelle" und lassen sich von ihrem Gott ernähren, wie die Vögel.

Groska:
(lächelt) Und ich dachte, Wikinger sind blutrünstig, ungehobelt und dreckig.

Signy:
(lacht auch) Da haben wir uns beide wohl Lokiwerk erzählen lassen.

Groska:
Eure Götter sind so zahlreich.

Signy:
Bei uns hat jeder Gott seine Aufgabe. Zum Beispiel Njörd für das Meer, oder Thor für Blitz und Donner, Freyja für die Liebe, oder Frigga für die Familie.

Helga:
Wie könnte das alles ein einziger Gott schaffen?

Groska:
Darüber habe ich noch nie nachgedacht. Mein Gott ist bisher immer für mich da gewesen.

Signy:
Ich denke, dein Gott und Odin sollten sich mal unterhalten.

Die Frauen arbeiten und schwatzen weiter und Groska wird in ihre Dorfgemeinschaft aufgenommen. Die Männer begutachten das Verhalten und beglückwünschen Erik zu so einem Göttergeschenk.

Szene 7

Alle versammeln sich zum Essen um das große Lagerfeuer. Erik kann seine Augen nicht von Groska lassen, während er vor allen spricht. Skjalgur macht sich an Groska heran.

Undri:
Auf Erik! Möge er noch lange von den Göttern begünstigt sein.

Erik:
(erhebt sich) Heute Abend wollen wir die Götter bitten, uns eine fruchtbare Ernte zu geben. Ihnen zu Ehren erzähle ich euch vom Beginn unserer Welt.

Skjalgur:
(zu Groska) Du musst eine Prüfung Freyas´ sein, so anmutig wie du bist.

Groska:
Ich kenne eure Freya nicht, so lass mich bitte hören, mit wem du mich vergleichst.

Groska dreht ihm den Rücken zu. Signy sitzt neben ihr und bekommt alles mit. Skjalgur ist über den Korb sehr böse und zieht sich hinter einen Baum zurück.

Erik:
Loderndes Feuer und brennendes Eis, damit fing alles an. Im Süden liegt das Reich Muspell, in dem überall Flammen tanzen. Im Norden liegt das Reich Niflheim, vollkommen mit Eis und Schnee bedeckt. Am Mittelpunkt der Welt gab es einst eine Quelle, aus der zwölf Flüsse in einen riesigen Abgrund stürzten. Diese zwölf Flüsse froren ein, doch die feurigen Schwaden von Muspell verwandelten das Eis in

Nebel und es entstanden Wolken. Aus denen der erste Schneemensch kam. Sein Name war Ymir.

Erik macht eine Pause, um einen Schluck zu trinken, dann hält er Groska den Becher hin. Groska geht, um noch mehr Met zu holen. Skjalgur lauert ihr auf, bedrängt sie und drängt sie weiter abseits.

Skjalgur:
Ich habe noch nie eine Christin angefasst. Zeig dich mir!

Groska:
Bitte, lass ab!

Eine Rangelei entsteht. Zunächst bemerkt es niemand von den anderen und Erik erzählt weiter.

Erik:
Die Wolken gebaren auch Audhumla, die Kuh. Als sie Eis und Salz vom frostigen Boden aufleckte, fand sie einen Mann im Eis. Dieses neue Wesen vermählte sich mit der Tochter von Ymir und gebar die Götter Odin, Vili und Ve. Im Streit wurde Ymir getötet und es waren Erde und Meere. Funken aus den Feuern von Muspell setzten sich am Himmel fest, und es entstanden Sonne, Mond und Sterne, die von nun an die Erde und die Meere umrahmten.

Groska:
Fass mich nicht an, du bist so widerwärtig!

Skjalgur:
Hat man dir nicht gesagt, dass Unwillige als Sklaven verkauft werden. Also, komm schon, zier dich nicht so!

Groska:
(schreit auf) Ich werde dir niemals zu Willen sein, niemals! Was du hier tust, ist Sünde. Ahhh, lass mich!

Alle schrecken auf und eilen zu Skjalgur, der Groska endlich loslässt. Erik nimmt Groska sofort in Schutz und stellt sich vor sie. Alle starren Skjalgur an.

Thorgert:
Skjalgur, verantworte dich!

Skjalgur:
Freya und Loki haben sich verbündet. Sie hat mir schöne Augen gemacht und wollte mich verführen.

Groska:
Das ist nicht wahr.

Signy:
Obwohl Erik Anspruch auf sie erhoben hat, hast du ihr schöne Augen gemacht. Ich hab es ganz genau gesehen. Du konntest es nicht ertragen, dass sie dir den Rücken zugewandt hat.

Erik:
Ist das wahr?

Helga:
Ja, ich habe es auch gesehen!

Skjalgur:
Ihr glaubt einer dahergelaufenen Christin mehr als mir?

Erik:
Wer sie ist, spielt keine Rolle. Du weißt, sie steht unter meinem Schutz. Nun gut, mögen die Götter dir verzeihen.

Aber nach unseren Regeln musst du gehen und darfst das Dorf nicht wieder betreten.

Hervar:
Das ist ein böses Ohmen.

Alle schicken Skjalgur fort. Erik nimmt Groska in den Arm und bringt sie zurück ans Feuer. Die anderen folgen ihnen.

Szene 8

Nach und nach gehen alle, nur Erik und Groska bleiben am Feuer zurück. Sie sitzen sehr nahe. Erik stochert in der Glut herum.

Groska:
Warum tust du das alles nur?

Erik:
Erinnerst du dich nicht an mich?

Groska:
Ich habe das Gefühl, dich schon länger zu kennen, aber…!

Erik:
Der Schlag auf den Kopf hat dir wohl die Sinne verdreht. Du hast einen Sklaven freigelassen!

Groska:
Natürlich!!! ….*(verlegen)*…

Erik:
Einen Moment lang war ich versucht umzukehren, um dich damit vor der Strafe zu bewahren, die du für deine Tat erwarten musstest. Doch dann hat mein Wunsch nach Freiheit gesiegt.

Groska:
(nach einer Pause) Dein Land ist meinem ganz ähnlich.

Erik:
Wir sind ja auch noch nicht in Skiringsal! Allerdings weit nördlich von euerm Hof

Groska:
Wir sind noch in meiner Heimat? Ich dachte…?

Erik:
Gib dir keine Mühe, ich kann dich wirklich nicht zurück bringen.

Groska:
Wirst du mich denn jetzt als Sklavin verkaufen?

Erik:
Wie kommst du darauf?

Groska:
Skjalgur hat gesagt, ihr würdet alle Unwilligen als Sklaven verkaufen!

Erik:
Du bist keine Sklavin und wirst nie eine sein.

Erik und Groska wenden sich liebevoll einander zu und schauen sich sekundenlang in die Augen, bevor Erik liebevoll eine Haarsträhne aus Groskas Gesicht streicht.

Groska:
(hypnotisiert) Vielleicht ist es doch nicht so schlimm, hier mit dir zu leben.

Erik:
Du bist der wertvollste Schatz, den ich je auf Wik erbeutet habe.

Erik umarmt Groska küsst sie auf die Stirn und beide gehen ins Haus.

Szene 9

Rutur kommt verschlafen aus seinem Haus, geht an die Seite und uriniert, während er lauthals gähnt. Im Hintergrund knistert es. Er schaut genauer ins Weite und schreit so laut, dass alle erwachen.

Rutur:
Feuer! Feuer!!!!

Thorgert und Undri kommen herbei, sie ziehen sich gerade die Hosen hoch. Alle kommen nach einander auf den Platz zusammen.

Thorgert:
Was ist los?!

Undri:
Was ist passiert?

Helga:
Was hat er gerufen?

Rutur:
Feuer! Die Felder brennen!

Alle stürzen zur Seite ab. Nur Groska bleibt zurück und weiß nicht recht, wie sie helfen soll. Da kommt Signy rußgeschwärzt und schweren Schrittes zurück.

Groska:
Signy, sag, wie kann ich nur helfen!?

Signy:
Da gibt es nichts mehr zu helfen. Die Anderen kommen auch gleich zurück.

Undri:
(wirft ein verbranntes Büschel auf den Boden) Das gibt´s doch nicht, die ganze Ernte verbrannt!

Erik:
Wer könnte so etwas tun?

Signy + Helga:
Skjalgur!

Helga:
Genau, er hatte genug Wut im Bauch, um uns so zu schaden. Oh, was für ein Unglück.

Erik:
Rutur, Undri, ihr beide geht runter und haltet Feuerwache. Und wir wollen beratschlagen, was nun zu tun ist. Ach, Signy, ich denke, wir alle könnten ein gutes Frühstück vertragen.

Groska kümmert sich schon um das Frühstück, während sich die anderen waschen. Dann sind alle wieder beisammen; die Frauen kochen und die Männer sitzen und grübeln.

Erik:
Wir könnten die Felder noch einmal bestellen, in der Hoffnung dass wir wenigstens zum Winter hin doch noch etwas ernten könnten.

Thorgert:
Woher die Saat nehmen? Und wenn uns die Saat nicht rechtzeitig aufgeht, stehen wir im Winter ohne Essen da.

Erik:
Die Gefahr besteht immer, aber was wollt ihr sonst tun?

Hervar:
Auf Wik fahren.

Erik:
Das wollte ich vermeiden. Wir sind doch gerade erst wieder da. Wie lange reicht uns die Beute vom letzten Mal?

Thorgert:
Im Fass vom letzten Mal war eine Frau drin, wie lange reicht die wohl?

Allgemeines Gelächter, es wird aufgezählt, was möglich ist, bis Undri ins Dorf kommt.

Undri:
Erik, wenn sich Ruturs und meine Augen nicht täuschen, dann ist dein Vater auf dem Weg hierher.

Erik:
Was?

Undri:
Wir haben sein Schiff und seine Flagge ausgemacht. Und das Schiff liegt ziemlich tief im Wasser.

Erik:
Das hat mir gerade noch gefehlt. Bereitet alles für die Ankunft vor. Schließlich sollten wir uns nichts anmerken lassen vor dem Jarl von Skiringsal.
Groska, du gehst ins Haus und rührst dich nicht.

Groska:
Dein Vater ist ein Jarl?

Erik:
Nicht jetzt, später.

Unruhe im Dorf, es wir auf die Schnelle der Platz gefegt, Bretter festgenagelt und vieles mehr, so dass oberflächlich alles in Ordnung ist. Kaum sind sie fertig, tritt mit gewichtigem Schritt Jarl Einar von Skiringsal mit seinem Gefolge auf. Unter ihnen Eriks boshafter, älterer Bruder Wulf und seine Mutter Kaja.

Szene 10

Erik:
Vater, sei gegrüßt! *(sie greifen sich gegenseitig an die Schultern),* Mutter *(Erik beugt sich zu Kaja),* Wulf, mein großer Bruder. *(greifen sich an die Unterarme)*

Einar:
Erik, mein Sohn, welch ein wohltuender Anblick für meine alten Augen.

Erik:
Was hat Euch hergeführt?

Wulf:
Wir sind auf dem Weg zum Thing.

Einar:
Wir haben den Umweg gemacht, weil deine Mutter mir keine Ruhe ließ und unbedingt sehen wollte, wie es dir geht. Und ich muss gestehen, ich war neugierig auf dein Dorf.

Kaja:
Wir haben so lange nichts von dir gehört. Erik!

Kaja streicht ihm liebevoll übers Gesicht, während Einar sich im Dorf umschaut.

Einar:
Beachtlich, mein Sohn!!! Nicht wahr, Wulf?

Wulf:
Ja, ja.

Einar:
Wie lange seid ihr schon hier?

Erik:
Seit 5 Sommern. Alle haben dazu beigetragen, das Dorf zu errichten.

Wulf begutachtet ebenfalls das Dorf auf eigene Faust und stänkert und missbilligt, wo er nur kann. Kaja und das Gefolge werden begrüßt. Thorgert wird von Einar, als Gefolgsmann Eriks, ebenfalls herzlich begrüßt. Im Wald sieht man Tore heranschleichen. Er bleibt in Deckung und beobachtet die Szene.

Kaja:
In Skiringsal spricht man von Gefangenschaft und Versklavung, Erik, sind die Gerüchte über dich wahr?

Erik:
Ja, aber Balder und Frigga standen mir bei. Ich konnte fliehen und zurückkehren.

Kaja:
Sie haben nur dich mitgenommen? Sehr ungewöhnlich.

Erik:
Der Angriffszeitpunkt war sehr gut gewählt, Mutter.

Kaja:
Es ist gut, dass du wieder da bist.
Wer ist denn das?

Alle drehen sich zu Eriks Haus um. Dort sieht man Groska aus dem Fenster hinausspähen. Erik geht ins Haus und schimpft mit Groska.

Erik:
Ich hab dir doch gesagt, du sollst dich nicht blicken lassen.

Groska:
Aber …….

Erik:
Nimm dich vor meinem Bruder in acht. Er missgönnt mir von jeher alles.

Im Hinausgehen nimmt Erik Groskas Hand und führt sie zu seinen Eltern.

Erik:
(verlegen, aber mit stolz in der Stimme) Das ist Groska.
Sie ist   ähhhh   nach der letzten Wikfahrt zu uns gelangt.

Kaja:
Erik, ich habe noch nie solch wunderbare Augen gesehen.

Einar:
Eine würdige Frau für einen Jarl. Aber sie ist doch nicht hier aus der Gegend, oder?

Erik:
Also mhh!

Wulf:
Sie wird uns auf den Thing begleiten und danach zum Jarlhof.

Erik:
(zornig) Die Götter haben sie in unsere Hände gegeben.

Einar:
Wulf! Erik!

Wulf:

Vater, wäre sie frei, würde Erik sie nicht im Hause verstecken. Sie ist also eher Beute der letzten Wikfahrt und davon kann der Jarl seinen Anteil verlangen. Du hast selbst gesagt, sie ist eines Jarl würdig.

Einar:

Wulf, ICH bin immer noch der Jarl von Skiringsal, auch wenn du als Nachfolger auf dem Thing bestätigt werden sollst.

Erik:

Schon gut Vater, wenn es sein muss werde **ich** sie zum Thing bringen.

Einar und Kaja werden von Helga und Thurid abgelenkt, die ihnen stolz gemeinschaftliche Errungenschaften des Dorfes herzeigen. Erik dreht Wulf den Rücken zu, als dieser ihm zuraunt;

Wulf:

Tu´s nur, aber pass auf dänische Sklavenhändler auf.

Erik:

(wirbelt herum) Du warst es!

Wulf:

Jawohl, ich war es.

Kaja:

Er war was?

Erik:

Aber warum?

Wulf:

Warum? Denk einmal nach, es ist so einfach!!!

Kaja:

Er war was, Erik?

Erik:

(zu Kaja gewandt, beiläufig, aber nie den Blick von Wulf gelassend)
Dänische Sklavenhändler haben uns überfallen und mich
versklavt. Ich hab nie verstanden…! Warum nur, Wulf ?
Wir sind zusammen groß geworden, wir sind Brüder!!

Wulf:

Du bist der Lieblingssohn unseres Vaters. Glaubst du, ich
schaue zu, wie er dich zu seinem Nachfolger ernennt?
ICH WERDE DER NÄCHST JARL!

Erik:

Was? Ich bin doch schon lange nicht mehr auf dem Hof.
Ich habe hier mein eigenes Dorf errichtet. Ich stehe dir
doch gar nicht mehr im Weg

Wulf:

Das glaubst auch nur du. Ständig Erik hier, Erik da. Ich
hasse dich. Ich hab dich immer gehasst! Nicht genug
damit, dass ich mir die Zuwendung unseres Vaters hart
erarbeiten musste, auch die Liebe unserer Mutter galt nur
dir. Ich musste dich aus dem Weg haben.

Wulf zieht das Schwert und ein Kampf entsteht.

Erik:

Mir lag nie etwas daran, Jarl zu werden, Wulf! Ich will nur
meine Ruhe.

Wulf:
Ewige Ruhe kannst du gleich haben.

Erik:
Wulf, verdammt, das ist doch Wahnsinn;

Einar:
(greift endlich in den Kampf ein und donnert) Darüber wird noch zu richten sein.

Die Kämpfer stehen sich noch aggressiv gegenüber und taxieren sich, dann gehen sie alle zu Beratungen ins Haus. Erik bleibt zurück und gibt der deprimierte Groska einen Kuss auf die Stirn, bevor er den anderen folgt.

Szene 11

Signy tritt zu Groska, schaut sie an und gibt ihr den Wassereimer in die Hand.

Signy:
Komm.

Beide gehen Wasser holen. Aus dem Haus hört man laute Stimmen. Groska bleibt noch ein wenig am Wasser zurück. Tore schleicht am Dorf umher und pirscht sich unbemerkt heran, bevor er Groska leise anspricht.

Tore:
Erschrick nicht, Groska, ich bin es, Tore.

Groska:
Tore, was machst du denn hier?

Tore:
Ich komme um dich zu befreien und dich nach Hause zu holen.

Groska:
Aber … ich kann jetzt nicht weg, ich …!

Tore:
Was soll das heißen, du kannst jetzt nicht weg?!

Groska überlegt, wird traurig und schaut lange hinüber zum Dorf.

Groska:
Vielleicht hast du Recht. Ich bringe den Menschen hier doch nur Unglück. Verbannte Dorfbewohner, verbrannte Felder, Bruderstreit, alles nur wegen mir.

Sie schaut sich noch einmal um und verschwindet dann
mit Tore im Unterholz. Einar voran und dann seine Söhne
kommen mit böser Miene wieder aus dem Haus.

Einar:
Ach papperlapap, Ich will das geklärt haben, hier und jetzt.

Wulf:
Ich bin bereit.

Erik:
Nein, Vater, ich habe mir nichts zu schulden kommen
lassen. Groska soll selbst… *(dreht sich suchen nach ihr um)* Wo
ist sie?

Signy:
Ich bin eben noch mit ihr am Wasser gewesen.

Erik:
Groska, Groska, wo bist du?

Thorgert:
Sie ist weg.

Erik:
Weg? Was soll das heißen?

Hervar:
Wir können sie nirgendwo finden.

Einar:
Wo kommt sie denn her?

Erik:
…..aus Haithabu……. Rüstet euch. Wir werden sie dort
suchen!

Erst schauen sich alle an, aufgeregt folgen sie dann Erik.
Einar, Kaja und ihr Gefolge bleiben verdutzt zurück. Wulf
ärgert sich und keine Bank, kein Becher ist vor ihm sicher.
Er schmeißt einen Stock hin, um sich Luft zu machen.

Kaja:
(blickt ihnen nach) Er muss sie sehr lieben.

Einar:
Gut, dann wäre das geklärt.
Lasst uns zum Thing aufbrechen.

Umbau   langsamer Umbau auf den Christenhof

Szene 12

Zurück am Ragnarhof laufen Groska und Tore durch das Unterholz und treffen auf Rorik, der wenig erfreut ist, Groska lebend wieder zu sehen. Groska ringt sich irritiert ein Lächeln ab.

Groska:
Rorik!

Rorik:
Groska! ...Liebes! ..Ich dachte, du seist tot! Wie bist du...?

Mit eiskalter Zuneigung umarmt Rorik Groska,die sich aus seinen Armen zu winden versucht.

Groska:
Tore hat mich gefunden. Sind meine Eltern wohl auf?

Runa hat Groska entdeckt und läuft voller Freude zu ihr, nicht ohne Tore mit einem Blick zu begrüßen. Sie umarmt Groska stürmisch. Rorik bleibt links liegen.

Runa:
Groska!!!!!

Groska:
Runa!!!!! Meine Schwester, wie habe ich dich vermisst. Sag sind die Eltern wohl auf?

Runa:
Tore war so lange weg. Vater und viele andere waren sich sicher, dass die Wikinger dich ermordet oder in die Sklaverei verkauft haben. Nur Mutter hat auf ihre innere Stimme vertraut und gewusst, dass du noch am Leben bist und zurückkommst.

Groska:
Und du?

Runa:
Ich? *(bleibt stehen und dreht sich zu Groska um)* Ich habe mit Vater Bernhard eine Abmachung; wenn Gott mir Tore wieder zurück bringt, dann werde ich jeden Feiertag einen Blumenschmuck für die Kapelle binden.

Groska:
Oh Runa, ich habe dich ja so vermisst.

Rorik:
Weiber! Nichts als Ärger hat man mit ihnen, nutzloses Gesindel!

Rorik folgt widerwillig den Schwestern zum Hof. Ihm gefällt es gar nicht, dass Groska wieder da ist.

Runa:
Hey, hallo, kommt alle herbei! Tore ist wieder da und seht, wen er mitgebracht hat!

Erika:
Groska!!

Ragnar:
Meine Tochter !!!!! Wie ist es dir ergangen?

Auf Runa wird jetzt nicht mehr geachtet und sie begrüßt nun Tore stürmisch. Alle setzen sich, nur Rorik bleibt im Hintergrund, lauscht. Essen und trinken werden gereicht.

Groska:
Mir geht es gut.

Erika:
Gott sei gepriesen.

Ragnar:
Warum haben dich diese Wikinger damals nur mitgenommen? Ich verstehe das einfach nicht.

Groska:
Mich hat niemand verschleppt!

Erika:
Nicht?! *(entsetzt)* Bist du etwa freiwillig mit ihnen gegangen?

Groska:
Nein, wir wurden verraten, Vater. Ich hatte gehört, wie die Wikinger darüber sprachen. Ich wollte herausfinden, wer dieser Kerl war, und versteckte mich in einem Fass, wo ich sie belauschten konnte. Unglücklicherweise wurde dieses Fass mit den anderen an Bord ihres Schiffes gebracht.

Erika:
Gott hat dich uns wieder gegeben, dafür müssen wir dankbar sein.

Groska:
Warum ist Rorik hier?

Ragnar:
(erstaunt) Er ist mein Schwiegersohn.

Rorik:
Warum ich hier bin? Du bist meine Frau, Groska, ganz gleich, welche Sünde dir widerfahren ist, du kannst jetzt deinen Platz an meiner Seite einnehmen.

Groska:
Ich habe keine Sünden begangen.

Rorik:
(süffisant) Wir sollten uns nicht streiten, Groska. Du hast eine schwere Zeit hinter dir. Ich will versuchen, dafür Verständnis und Geduld aufzubringen.

Ragnar gestikuliert wohlwollend Rorik zu und bittet auch Runa und Tore an den Tisch.

Ragnar:
Tore, ich hab es kaum für möglich gehalten, aber du hast uns Groska wieder gebracht. Ich danke dir. Hier, trink mit uns und erzähl.

Groska ist verwirrt, einerseits scheint sie mit Rorik verheiratet zu sein, andererseits ist sie erfüllt von der Liebe zu Erik. Runa unterbricht ihre Gedanken und raunt ihr zu.

Runa:
Also, wenn du mich fragst, ist Rorik immer noch ein Großkotz, der versucht, Eindruck auf unsere Eltern zu machen.

Groska:
Ich hatte das alles vollkommen vergessen. Die Wikingerwelt war so anders, als ich erwartet hatte.

Ragnar:
Groska, ruh´ dich erst mal aus! Runa, geh nur mit.

Runa:
Ja, Vater.

Schwatzend entfernen sich die Schwestern ins Haus. Ihnen folgt Erika, die Groska auf einem Lager entspannen lässt.

Erika:
Groska, meine Groska, der Herr hat meine Gebete erhört. Dass du wieder bei uns bist, ich kann es kaum glauben.

Groska:
Oh, Mutter! Wikinger sind gar nicht die heidnischen Wilden, für die wir sie immer gehalten haben. Du hättest bestimmt Signy und Helga auch sehr lieb gewonnen.

Erika:
Ich habe dich nie mit so viel Leidenschaft reden hören.

Groska:
Sie sind wirklich nicht die unwissenden Barbaren, als die Vater Bernhard sie hinstellt. Sie haben genauso Gesetze und Bräuche wie wir, nur eben anders. Ihre Götter sind so erdverbunden, unser Gott dagegen ist so allmächtig.

Erika:
Versündige dich nicht, mein Kind, „Du sollst neben mir keine anderen Götter haben!" spricht der Herr.

Groska:
Keine Angst, an meinem Glauben habe ich nie gezweifelt. Gott hat mich gefunden, Mutter, und ich habe den Mann gefunden, den ich liebe. Er hat mich gelehrt, dass es egal ist an welche Götter oder Gott wir glauben, solange unsere Herzen mit Liebe erfüllt sind und nicht mit Hass, können wir gut miteinander leben.

Erika:
Gottes Wege sind wunderbar.

Szene 13

Vater Bernhard gesellt sich zu den Frauen dazu. Runa zieht es zu Tore, der vom Tisch aufgestanden ist, um ihr entgegen zu kommen. Sie tuscheln miteinander und dann zieht Runa Tore mit sich ins Haus zu Groska.

Runa:
Groska, höre was Tore zu sagen hat.

Tore:
Rorik spricht am Tisch darüber, dass er bald aufbricht und Groska mitnimmt. Er sagt, je eher sie sich ihrer Pflichten als Ehefrau bewusst wird, desto schneller wird sie sich zu Hause fühlen.

Groska:
Mutter, ich will nicht mit ihm gehen.

Erika:
Niemand wird dich jetzt von hier fortbringen, wenn du es nicht willst.

Vater Bernhard:
Es ist aber Pflicht, den Ehemann zu ehren.

Runa:
Ha, ehren…! Nicht einer seiner Männer, geschweige denn Rorik selbst, haben damals geholfen, Vaters Hof zu verteidigen, diese Feiglinge. Rorik hat sich bestimmt deine Mitgift zu Eigen gemacht. Seit dem Überfall behauptete er, du seist tot und es würde jetzt alles ihm gehören.

Tore:
Die Art, wie er sie behandelt, zeigt sein Interesse an Geld und Macht.

Erika:

Was weißt du von diesen Dingen?

Runa:

Du hättest sehen sollen, wie Rorik Groska begrüßt hat. Es war widerwärtig.

Rorik ist aufgestanden und hämmert an die Tür des Hauses. Schnell verschließt Groska die Tür und stellt sich mit dem Rücken dagegen.

Rorik:

Geliebtes Eheweib, komm, wir wollen aufbrechen.

Groska:

Lass mich noch bei meiner Familie bleiben und ausruhen.

Rorik:

In meinem Haus wartet dein eigener Hausstand schon so lange auf dich.

Groska:

Ich will noch in die Kapelle gehen und Gott danken. Und Vater Bernhard feiert morgen eine Messe, nur für mich.

Rorik:

(wütend) Der einzige Ort, an den du gehen wirst, ist mein Haus. Du bist meine Frau. Wir sind vermählt und entweder begleitest du mich freiwillig, oder ich bringe dich mit Gewalt in mein Haus. Du hast die Wahl, das Gesetz ist auf meiner Seite.

Groska:

Nein, ich werde nicht mitgehen, egal, was du unternimmst.

Rorik:

Du gehörst mir, wie deine Wiesen und Schafe mir gehören, es gibt nichts was du dagegen unternehmen könntest.

Groska:

Das Einzige, was dich also interessiert, sind die Ländereien aus meiner Mitgift?

Erika:

Rorik, lass Groska noch ein wenig bei uns bleiben.

Rorik:

Weib, du mischst dich in Dinge ein, die dich nichts angehen. Dies ist eine Sache zwischen Eheleuten. Ich habe das Recht, meine Frau zu holen. *(sanfter)* Und wenn ich es auch nicht tun müsste, so werde ich ihr gegenüber Gnade walten lassen werde, obwohl sie mich sehr verärgert und mir große Unannehmlichkeiten bereitet hat.

Ragnar:

Na na, Rorik, was muss ich da hören?

Rorik:

*(wirbelt herum)*Ich komme bald zurück und hole meine Frau. Sorge du dafür, dass deine Tochter bis dahin zur Vernunft gekommen ist.

Rorik verlässt wütend den Hof. Vater Bernhard, Erika, Runa und Tore kommen vorsichtig aus dem Haus. Erika spricht mit Ragnar. Der ganze Hof ist in Aufruhr, überall wird diskutiert. Ragnars Gesten machen deutlich, dass er nicht glücklich über die Wahl seiner Tochter ist, nicht mit Rorik gehen zu wollen. Erika versucht immer wieder, ihn zu besänftigen, aber Ragnar ist stur.

Groska:
(resigniert) Jetzt bin ich einem Ehemann ausgeliefert, der mich verhöhnt und das Recht hat, mich zu strafen.

64

Szene 14

Erik und Thorgert erreichen als erste den Ragnarhof. Im Unterholz sondieren sie erst einmal die Lage und tuscheln miteinander. Erik will versuchen, gütlich um Groska bei ihrem Vater zu bitten.

Erik:
Ich geh jetzt da runter und werde nach Groska fragen. Vielleicht hat sie es ja bis hierher geschafft.

Thorgert:
Hat Loki dir den Kopf gewaschen? Du kannst doch nicht ernsthaft alleine da hingehen wollen? Beim letzten Mal haben wir den Hof überfallen, erinnerst du dich?

Erik:
Ich muss es versuchen, nur so kann ich Groska und ihrer Familie zeigen, dass ich sie liebe und dass von mir keine Gefahr ausgeht.

Thorgert:
Ich halte das immer noch für Wahnsinn. Was, wenn sie dich einfach überwältigen, bevor du Groska findest?

Erik:
Warte eine Weile, bis die anderen auch hier sind. Bin ich bis dahin nicht zurück, dann komm mich holen, tot oder lebendig.

Thorgert:
Ist sie das wert?

Erik:
Ja

Erik tritt hervor und geht langsam auf den Hof zu. Rorik erscheint wieder mit einigen Gefolgsmännern. Thorgert geht abseits in Deckung. Zunächst richtet sich alle Aufmerksamkeit auf Rorik, der noch immer wütend ist. Sobald Erik auf dem Hof ist, wird er wahrgenommen, überwältigt und auf Knien zu Boden gezwungen. Ihm gegenüber steht Rorik und hält ihn in Schach.
Groska kommt bei dem Tumult aus dem Haus. Als sie Erik sieht, will sie zu ihm, wird aber von ihrer Mutter zurückgehalten. Alle anderen, auch Vater Bernhard, stehen dabei. Groska ist verzweifelt und Rorik will zum Schlag ausholen. Erik blickt Rorik zornig an und versucht vergeblich, sich loszureißen.

Erik:
Ich bin als Freund gekommen, Ragnar Graubart!!!

Groska:
(verzweifelt) Erik!!!!!! Mutter, das ist der Mann, den ich liebe!

Rorik:
Tja, zu dumm, das Groska *mir* ihr Jawort gegeben hat.

Vater Bernhard erhebt langsam einen Finger. Als er spricht sind die Augen aller auf ihn gerichtet.

Vater Bernhard:
Äh, das ist so nicht richtig! Wenn ich mich recht erinnere, hat zwar Rorik "Ja" gesagt, aber Groska nicht. Dazu kam es nicht mehr, wegen des Überfalls.

Erika:
Das würde bedeuten, das Rorik und Groska gar nicht verheiratet sind?!

Rorik:

Gott hat sie mir zugeführt. Sie ist in einem heiligen Ritual in meine Familie übergegangen.

Runa:

Das Ritual ist aber nicht zu Ende geführt worden. Also ist Groska immer noch ein Mitglied dieses Hofes. Ach ja, und was du als deins erachtest, ist Groskas Mitgift, **ihr** Besitz.

Groska und Erik tauschen Blicke aus. Sie reißt sich von ihrer Mutter los und fällt vor ihrem Vater auf die Knie.

Groska:

Vater, ich flehe dich an, verschone sein Leben…. Dies ist der Mann meines Herzens, ich liebe ihn.

Signy und die anderen treffen bei Thorgert ein. Als sie sehen, dass sowohl Erik als auch Groska auf den Knien vermeintlich um ihr Leben flehen, greifen sie an. In dem Gewirr befreit Groska Erik und er kann seine Wikinger stoppen bevor schlimmeres geschieht.

Erik:

Halt! Thorgert, Undri, Rutur, ….wartet!

Erik und seine Männer stehen nun Ragnar und seinen Hofmitgliedern gegenüber. Alle taxieren einander. Rorik versucht sich in den Hintergrund zu schieben.

Groska:

Signy! Helga! Mutter, Runa, das sind Helga und Signy. Sie sind mir Freunde geworden.

Erika:

(zögerlich) Seit dem Groska wieder zu Hause ist, hat sie nur gut über euch gesprochen.

Die Frauen geben einander die Hände und sind gespannt, wie die Männer diese Spannung lösen.

Erik:
Ich bin Erik, Sohn des Jarl von Skiringsal, der als Sklave an diesen Hof kam. Groskas Güte und Freundlichkeit haben mir die Freiheit wieder gegeben. Durch ein Versehen gelangte eure Tochter zu uns und ich konnte ihr zurückgeben, was sie mir einst schenkte. Aber es bleibt noch die Erinnerung an einen Überfall, für den ich um Verzeihung bitte.

Ragnar:
Euch verzeihen? Warum sollte ich das tun?

Erik:
Weil euer Gott will, dass ihr euren Feinden vergebt, und weil ich eure Tochter liebe.

Ragnar:
Was weißt du von unserem Gott? Was weiß ein Barbar von Liebe?

Erik:
So viel, wie mich Groska lehrte. In ihr vereinen sich christlicher Glaube und das Wohlwollen unserer Götter. Und dieser "Barbar" fühlt so viel Liebe, dass er sein Leben riskiert und alleine auf den Hof kommt, den seine Männer überfielen, um nach ihr zu suchen.

Ragnar:
Ich habe meine Tochter heil und unbeschadet wieder in die Arme schließen können. Und eure Worte waren gut gewählt. Das sichert euch fürs Erste meinen Respekt.

Thorgert:
Erik, die halten es hier mit Verrätern! *(er deutet auf Rorik)* Ich traue keinem von ihnen.

Ragnar:
Was soll das heißen?

Thorgert:
Na, der dort. *(er zeigt jetzt direkt auf Rorik)* Wir sind damals hier nicht zufällig eingefallen. Er hatte uns auf diesem Hof sichere Beute versprochen. Von ihm wussten wir, dass eure Männer bei einem Fest sind und betrunken.

Verwirrung, die Männer schauen nachdenklich hin und her. Rorik versucht, sich wegzuschleichen, aber Tore stellt sich ihm in den Weg.

Ragnar:
Rorik! Ist das wahr?

Rorik:
Dieses dumme Geschwätz höre ich mir nicht länger an.

Ragnar:
Er hat dich des Verrats beschuldigt und du läufst weg?

Rorik:
(zu Thorgert) Ihr Dummköpfe, durch mich hattet ihr euren besten Beutezug, habt ihr das vergessen?

Thorgert:
Nein, aber wer mich einen Dummkopf schimpft, ist bestimmt nicht mein Freund. Meine Freundschaft gilt Groska und ihrer Familie, nicht einem Verräter!

Ragnar:
Ergreift diesen Teufel, und schafft ihn mir aus den Augen.
Glaubt mir, er wird seiner gerechten Strafe nicht entgehen.

Die Männer vom Ragnarhof fesseln Rorik und bringen ihn
weg. Erika legt ihre Hand auf Ragnars Arm und spricht
beschwichtigend auf ihn ein.

Erika:
Ragnar, diese Männer, die wir für Barbaren gehalten
haben, sind gekommen, um Groska zu schützen! Vielleicht
ist es für uns an der Zeit umzudenken?

Erika gibt Ragnar einen Knuff, der sich darauf hin
schuldbewusst Groska zudreht.

Ragnar:
Groska, geliebte Tochter, ich habe einen Fehler gemacht,
das sehe ich jetzt ein.

Groska:
Oh Vater, ich hab dich so lieb!

Szene 15

Groska und Erik, beide in festlicher Gewandung, werden gefeiert, unter Jubel aller Christen und Wikinger erheben sie gemeinsam die Becher. Tore, der Knecht, wird von Ragnar bei der Festrede hervorgehoben und geehrt

Ragnar:
Tore wird in den Stand eines freien Bauern erhoben. Er hat entscheidend dazu beigetragen, Altes und Neues, Wikinger und Christen, Groska und Erik zu vereinen. Auf Groska und Erik.

Allgemeine Jubelrufe. Runa ist überglücklich. Ragnar wendet sich an Tore und Runa.

Ragnar:
Ich weiß, wie nahe ihr einander steht, und so soll es sein, alle sollen es wissen. Sie gehören zusammen Tore und Runa, auf Runa und Tore!

ENDE